(Conserver la couverture) 2

BANQUET

CONSERVATEUR

A TARBES

LE 18 JUILLET 1888

TARBES — IMPRIMERIE ÉMILE CROHARE, PLACE MAUBOURGUET ET RUE MASSEY

BANQUET CONSERVATEUR

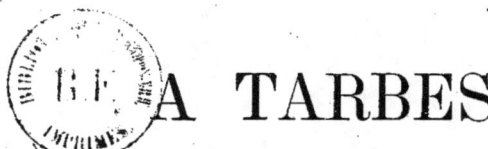

A TARBES

LE 18 JUILLET 1888

Tout le monde sait à la suite de quelles circonstances a eu lieu ce banquet.

Beaucoup d'électeurs étaient insuffisamment renseignés sur l'attitude des Droites, sur la réalité de l'union conclue entre les différents groupes qui en font partie, sur le but que poursuit l'opposition conservatrice au Parlement, sur ses moyens d'action, sur l'organisation de la *Ligue de la consultation nationale* et du *Comité des Douze*, dont M. de Breteuil fait partie.

Un certain nombre de conservateurs du département, ayant à leur tête le vénéré M. Boussès de Fourcaud, doyen de l'Ordre des avocats, président du Comité conservateur des Hautes-Pyrénées, crurent en conséquence qu'il serait bon d'inviter à un banquet M. de Breteuil, en ce moment dans la circonscription.

Il ne s'agissait nullement, nous l'avons dit, de demander au sympathique député compte de son mandat, puisque ce compte, il ne peut le rendre qu'en présence de ses collègues, — avec lesquels son union est étroite et dont les votes n'ont cessé d'être identiques, — ou du moins après entente avec eux.

On voulait d'abord le remercier au nom du département, le féliciter, au nom du corps électoral, des services par lui rendus au pays, de son attitude digne, à la fois ferme et modérée, du rôle brillant par lui joué à la Chambre et surtout de son magnifique discours sur la politique générale.

On voulait ensuite lui demander des explications intéressant le parti en sa qualité de membre du *Comité des Douze et de la Consultation nationale*, qui ont donné lieu à tant de commentaires dans la presse française.

Enfin, c'était pour les conservateurs une occasion toute trouvée de se réunir, de se serrer la main, de s'encourager mutuellement, de se concerter, de s'entendre sur la ligne à suivre dans toute la circonscription, pour lutter contre la pression administrative, et enfin de montrer que nous ne redoutions pas le grand jour et les manifestations publiques.

M. de Breteuil ne pouvait qu'être reconnaissant de cet hommage flatteur et s'est empressé de répondre à cet appel.

M. Boussès de Fourcaud présidait, ayant à sa droite M. de Breteuil et, à sa gauche, M. Gaye, président du Comité conservateur de Bagnères.

La presse était représentée par M. Vimard, pour le *Bien public* ; M. Montaubéry, pour la *République des Hautes-Pyrénées* ; M. Darnaudat, fils, pour le *Soleil* ; M. Landes, pour le *Figaro* ; M. F..., pour l'*Agence Havas* ; M. Dreyt, pour la *Dépêche* de Toulouse ; M. Arsène Limon, pour l'*Ere nouvelle*, la *Petite Ere nouvelle*, plusieurs journaux conservateurs de Paris, le *Nouvelliste* de Bordeaux et les *Nouvelles* de Toulouse.

Le hasard seul avait présidé au choix des places. Anciens officiers et ouvriers, avocats et cultivateurs, se trouvaient confondus, cordialement unis par la communauté des sentiments religieux et politiques ; et bien que beaucoup des convives ne connussent pas leurs voisins, la conversation n'a pas tardé à devenir générale.

Au dessert, M. Boussès de Fourcaud s'est levé, a salué M. de Breteuil et a prononcé à peu près textuellement les paroles suivantes :

MONSIEUR, OU PLUTOT NOTRE CHER ET SYMPATHIQUE DÉPUTÉ,

Soyez le bienvenu parmi nous ; et puisque je suis appelé, par le privilége de l'âge, à l'honneur — dont je suis fier — de prendre la parole dans cette réunion d'élite, au nom du parti conservateur de notre département, laissez-moi vous dire, tout d'abord, combien nous sommes heureux de vous voir aujourd'hui au milieu de nous.

Je vous exprime ici le sentiment de vos amis, accourus si nombreux pour se grouper autour de vous, et qui le seraient bien plus encore si le temps et le local dont nous pouvions disposer, avait permis aux absents de prendre part à cette réunion.

Notre joie eût été plus complète, si vos honorables collègues de la députation Pyrénéenne avaient pu se joindre à vous, et aussi un autre homme de cœur, dont le nom sera sur toutes les lèvres, lorsque j'aurai dit : qu'il vous tient de près par les liens d'une étroite parenté, que son nom est depuis longtemps, de père en fils, populaire et sympathique dans nos contrées, et qu'il a toujours donné au parti conservateur les gages du plus cordial concours ; j'ai nommé M. Achille Fould. *(Vifs applaudissements)*. Ces Messieurs n'ayant pu, malgré leur désir, répondre à notre appel, nous ont envoyé l'expression de leurs regrets. Je veux qu'ils sachent, à leur tour, combien ces regrets ont été partagés par nous tous.

Ce fut un beau jour, Monsieur, que celui où, dans une enceinte voisine de celle qui nous réunit aujourd'hui, il y a trois ans, à la veille des dernières élections générales, votre nom, ainsi que ceux de MM. Cazeaux, Féraud et Soucaze, furent acclamés et vos candidatures unanimement adoptées par les conservateurs.

Jamais nous ne fûmes mieux inspirés que ce jour-là, mais nous vous connaissions depuis longtemps ; nous savions que votre dévouement à la grande patrie Française et à notre cher département, en particulier, était à la hauteur des devoirs qu'impose le mandat législatif. En vous nommant pour nous représenter, nous étions sûrs que notre confiance était en vous bien placée.

Vous y avez dignement répondu ; nous vous en remercions au nom du parti conservateur tout entier.

Votre conduite parlementaire, Monsieur, comme celle de vos collègues avec lesquels vous avez constamment marché en parfait accord, a toujours été telle que nous l'attendions de vous : ferme, loyale, consciencieuse, toujours fidèle à vos convictions et à vos promesses ; vos votes ont toujours été l'expression de vos sentiments de dévouement au pays, à ses intérêts, aux libertés qui lui sont chères. Et, s'il m'est permis de rappeler ici un souvenir qui vous est particulièrement personnel, — dût votre modestie en souffrir, — lorsque, naguère, à la tribune de l'Assemblée, vous nous parliez, en si beau langage et avec tant d'autorité, de haute intelligence et de patriotisme, des grands intérêts de notre chère patrie, de sa situation et de son rang en Europe, de son présent et de son avenir comme grande nation qu'elle est, qu'elle sera toujours et qu'elle doit toujours être dans l'intérêt même de l'équilibre des puissances européennes, croyez, Monsieur, que nos cœurs émus recueillaient précieusement vos paroles et que nous applaudissions à votre discours, qui eut, d'ailleurs, le mérite bien rare d'obtenir l'approbation des hommes de tous les partis, aimant véritablement leur pays.

La Droite de la Chambre qui, bien que mutilée par des invalidations scandaleuses et systématiquement exclue soit de la commission du budget, soit de toutes les autres où elle pouvait cependant apporter le tribut de son dévouement et de son expérience, n'en remplit pas moins courageusement son devoir, luttant, chaque jour, pied à pied, défendant la fortune de la France contre le gaspillage, nos libertés et nos droits contre l'arbitraire, la religion de nos pères contre l'outrage et l'oppression ; cette Droite, dont vous êtes un des plus vaillants soldats, a su apprécier, Monsieur, le concours patriotique que vous lui avez toujours apporté ; c'est ainsi que vous avez mérité de voir votre nom figurer, avec ceux des La Rochefoucauld, des Mackau, des Jolibois, des Albert de Mun, des Paul de Cassagnac, des Jacques Piou, dans ce Comité des Douze dont nous sommes fiers de vous voir l'un des membres et dont le Pays attend le suprême effort qui l'arrachera, nous l'espérons, à la situation si pleine de périls et d'angoisses dans laquelle il se débat depuis trop longtemps.

Nous serons heureux, Monsieur, que vous veuillez bien nous entretenir de la formation de ce Comité, de la pensée qui y a présidé, de son but, de ses moyens d'action, et de la Ligue de la consultation nationale destinée à donner le dernier mot au pays.

Ici, Monsieur, parmi ceux qui vous entourent et qui attendent impatiemment votre parole — que je me reproche de leur faire trop attendre — vous ne trouverez que des amis et des cœurs Français, des hommes dont le vœu suprême est le salut de la Patrie, et la ferme résolution de travailler, autant qu'il dépendra d'eux, à son relèvement et à sa régénération.

Après ce discours, fréquemment interrompu par les applaudissements, M. de Breteuil s'est levé, a chaleureusement serré la main de M. Boussès de Fourcaud, et a pris la parole.

Voici le texte de son discours :

MESSIEURS,

Permettez-moi, tout d'abord, de remercier mon éminent et vénérable ami, M. Boussès de Fourcaud, des paroles bienveillantes, trop bienveillantes assurément, qu'il vient de m'adresser. — Je suis sûr ensuite que je serai votre interprète à tous en lui disant que nous sommes toujours heureux de nous grouper autour de lui, autour de son nom si respecté, — et en l'assurant de notre véritable dévouement.

Vous m'avez invité, monsieur le Président, à vous entretenir de la campagne que nous avons entreprise, du programme adopté et des espérances du parti conservateur ; je vais le faire.

Mais, avant de vous parler politique, laissez-moi, Messieurs, vous dire combien je suis personnellement touché de l'empressement que vous avez mis à répondre, si nombreux, à l'appel de notre Comité conservateur. J'y vois, pour moi, un nouveau témoignage de la sympathie que vous m'avez constamment marquée, et je vous en suis profondément reconnaissant.

MESSIEURS,

Dans tous les pays du monde, quand un gouvernement quelconque, même celui dont l'origine a été la plus précaire et la plus contestée, a duré dix-huit ans, il s'est généralement consolidé, les années vécues sont une garantie de sa durée future, il a poussé des racines profondes dans la nation et sa forme n'est plus discutée.

Les fautes qu'il a commises, et tous les gouvernements en commettent, il a pu les réparer; s'il n'a pas encore tenu toutes ses promesses, il a donné assez de gages pour que la confiance lui soit acquise, et les oppositions les plus convaincues, les plus ardentes au début, ont dû désarmer parce que l'opinion publique les abandonne. — Ordinairement elles se sont ralliées !

Mais, pour arriver à ce résultat, il faut que ce gouvernement ait été fidèle à son programme, qu'il se soit imposé par sa bonne administration, par sa tolérance, par son économie, par son honnêteté; qu'il ait répondu par des actes aux défiances de ses adversaires; qu'il les ait forcés à reconnaître le mal fondé de leurs récriminations.

S'il en avait été ainsi chez nous, les crises auraient pu sévir sur l'agriculture, sur le commerce et l'industrie. Les sources de nos richesses auraient pu se tarir momentanément : le peuple ne rendrait pas le gouvernement responsable de ses souffrances, et les imprécations de ceux qu'on appelle les ennemis irréconciliables de la République retentiraient aujourd'hui dans le vide. *(Très bien ! très bien !)*

Vous-même, qui n'aviez pas au début et qui n'avez jamais eu depuis une grande foi dans les bienfaits du régime républicain, vous vous y seriez insensiblement ralliés; vous auriez reconnu l'erreur de vos préventions, et nous, nous serions mal venus à venir, à l'heure actuelle, vous conseiller d'en changer.

Ah ! Messieurs, je reconnaîtrais bien volontiers pour ma part que je me suis trompé depuis dix ans en vous indiquant le péril, si le gouvernement de la République avait rendu la France heureuse, libre et prospère ; s'il avait été le régime réparateur que promettaient ses fondateurs ; si notre pays pacifié à l'intérieur, respecté au dehors, avait retrouvé sa grandeur d'autrefois, car le vrai patriotisme n'a pas d'opinion politique. (*Très bien ! très bien !*)

Mais l'expérience est faite, le crédit épuisé, et ceux qui parmi vous étaient prêts à accepter de tous les régimes les bienfaits d'un gouvernement sage sont éclairés maintenant ; ceux qui avaient gardé quelques illusions les ont successivement perdues.

Nos finances ruinées, notre religion misérablement persécutée, nos plus chères libertés atteintes, la faveur substituée partout aux titres acquis, la magistrature asservie, notre sang versé, notre argent répandu sans profit sur les plages du Tonkin ! Voilà ce qu'avait produit en 1885 le gouvernement confié depuis huit ans aux mains des véritables républicains ! (*Vifs applaudissements.*)

A cette époque, trois millions et demi de citoyens ont protesté ; la France conservatrice s'est levée menaçante, et il était permis d'espérer que sa menace serait entendue, qu'elle inspirerait de sages réflexions, qu'elle aurait des résultats !

En a-t-il rien été ? Les faits sont là pour répondre : depuis trois ans, c'est encore plus bas que nous sommes tombés. Les déficits se sont ajoutés aux déficits ; l'intolérance républicaine ne nous a épargné aucune vexation ; les réformes promises ont été ajournées, des lois d'exception votées, et si d'autres hommes ont remplacé les hommes tombés sous le poids de leur impopularité, ils n'ont fait qu'aggraver nos souffrances, qu'accentuer nos divisions.

Entre temps, il a fallu chasser, pour un fait déshonorant, le chef de l'Etat du palais de l'Elysée où tout se vendait, jusqu'à la croix de la Légion d'honneur, et la nouvelle justice française, dans ce temps d'égalité, n'a pas osé condamner celui qu'avait flétri la conscience publique parce qu'il était trop haut placé. (*Très bien ! très bien ! Vifs applaudissements.*)

Elle s'est contentée de frapper les comparses et les petits, et l'on a pu dire qu'elle s'en tenait là pour ne pas trop nous en apprendre.

C'est ainsi qu'à défaut de services rendus, un nouveau président de la République a dû son élévation au pouvoir à sa seule réputation d'intégrité. Mais chacun sent qu'il n'y a personne au gouvernail ; à l'extérieur, notre prestige est encore amoindri et ce gouvernement nous a valu le suprême affront de voir les puissances d'Europe refuser de venir assister à l'Exposition de 1889.

Enfin, pendant que nos budgets ne s'équilibrent pas, la misère devient chaque jour plus cruelle ; les ressources s'épuisent et le crédit national est atteint ! (*Vifs applaudissements.*)

Faut-il être surpris qu'en présence d'un pareil état de choses, la France semble se révolter, qu'un grand vent de mécontentement souffle d'un bout à l'autre du pays, que l'orage gronde de tous les côtés ?

Faut-il s'étonner qu'un long cri retentisse, du Nord au Midi, de l'Est à l'Ouest !

Dissolution ! Révision !

Ne résument-ils pas toutes les impatiences, toutes les revendications ? (*Très bien ! très bien ! Applaudissements.*)

Peu m'importe qu'il soit poussé ici par des royalistes, là par des impérialistes, ailleurs par des révolutionnaires. Il est le cri de ralliement de tous les désabusés, de tous ceux qui comprennent que la République a tué le parlementarisme.

Dans quelques grandes villes, dans certains centres populeux, c'est la Commune, c'est la Révolution qu'on acclame, je le veux bien. — Mais les autres, et c'est l'immense majorité, réclament un régime stable et fort, quel qu'en soit le nom, qui garantisse l'ordre et la liberté. Enfin, si quelques-uns s'accrochent à un sabre, comme on se suspend dans la tempête à l'épave qui doit vous sauver, tous demandent un régime nouveau et condamnent le régime actuel, toutes les opinions traduisent leur état d'esprit par la même formule, parce qu'elle exprime les mêmes souffrances ; dans une démocratie désabusée, la réaction se produit comme elle peut ! (*Très bien ! très bien !*)

Quand de pareils symptômes se manifestent, il faut aviser ! L'heure d'agir était venue pour nous qui représentons à la Chambre les populations conservatrices du pays !

A nos yeux, comme aux vôtres, l'ennemi commun, l'ennemi responsable de tous les maux dont vous souffrez, c'est le parti qui gouverne ! C'est à lui qu'il faut demander compte de la mauvaise administration du denier public, des scandales qui ont éclaboussé l'honneur de la France, des injustices, des violences sans cesse renouvelées. (*Vifs applaudissements.*)

Voilà pourquoi nous nous sommes unis une fois de plus pour le combattre et pourquoi, sans nous préoccuper de nos préférences personnelles, nous avons scellé l'*union révisionniste*.

Mais il ne suffisait pas d'écrire dans un procès-verbal de groupe qu'on allait entrer dans la politique militante ; il fallait passer de la défensive à l'offensive : et c'est ainsi qu'un Comité de douze membres a été nommé par l'assemblée plénière des Droites, chargé par elle d'entamer l'action, de la poursuivre et de faire appel à tous les dévouements.

La Ligue de la Consultation Nationale, destinée à recruter dans ses rangs tous les mécontents, à embrigader tous les dispersés, est sortie de cette nouvelle alliance conservatrice. (*Très bien ! très bien !*)

Les adhérents arrivent par milliers et il ne pouvait en être autrement : son programme, **Dissolution, Révision, Consultation Nationale**, était fait pour rallier les royalistes, les bonapartistes, les républicains désabusés. N'indique-t-il pas en effet la marche à suivre pour que le peuple reconquière le droit d'exprimer sa volonté ? Ne laisse-t-il pas intactes toutes les espérances ?

Je m'honore, Messieurs, de faire partie de ce *Comité des Douze* et je suis heureux de l'occasion qui m'est offerte aujourd'hui d'être un des premiers à en parler publiquement.

Je ne pouvais choisir un auditoire qui me fût plus sympathique, et du reste, ce n'est plus à la Chambre actuelle, discréditée, morte, parce qu'elle ne représente plus l'opinion du pays, mais au Suffrage universel, au peuple, que ses mandataires doivent parler dès à présent.

Ainsi s'accentuent et se fortifient les courants d'opinion, et ce sont ces courants justiciers qui renversent les gouvernements malversateurs et indignes. (*Salve d'applaudissements.*)

Celui qui préside aux destinées de la France n'a pas entendu l'avertissement de 1885 : il fait encore aujourd'hui la sourde oreille quand on lui crie de toute part : **Dissolution, Révision !** C'est que la bande qui nous exploite ne veut pas renoncer à un jour de sa vie parlementaire ; les uns ont encore leur fortune à faire, les autres à la grossir, et tous prévoient le verdict de la nation ! (*Très bien! Bravo!*)

Je ne regrette pas, pour ma part, leur résistance parce qu'elle grandit leur impopularité, et ils arriveront à ce résultat que la période républicaine que nous venons de vivre, qui a accumulé tant de ruines et tant de désappointements, restera dans l'histoire une période détestée à laquelle les générations de l'avenir ne seront plus jamais tentées de revenir.

Mais si nous ne parvenons pas à l'avancer, l'heure de la dissolution légale sonnera bientôt ! et le jour est proche où il faudra comparaître à nouveau devant le Suffrage universel, devant le Souverain. (*C'est cela ! très bien !*)

Vous vous souviendrez ce jour-là que les radicaux ont montré comme les opportunistes, comme les modérés, leur impuissance à gouverner ; que toute la gamme républicaine a été essayée.

Le ministère républicain qui présidera à ces élections ne tentera pas seulement de vous tromper par de belles paroles, d'étaler des programmes retentissants ; il usera de l'intimidation, de la force, de tous les moyens administratifs pour sauver la caisse, c'est-à-dire le Syndicat républicain. Mais vous vous rappellerez qu'un gouvernement d'opinion publique ne résiste pas au souffle de l'opinion publique et que l'administration qui soutient un gouvernement condamné est une administration sans force. (*Très bien ! très bien !*)

Vous élirez une Chambre révisionniste. — Ce sera votre manière de flétrir le passé, de témoigner votre mécontentement : et n'ayez crainte, les vaincus dans cette prochaine bataille électorale seront tous ceux qui auront gouverné depuis quatre ans, qu'ils s'appellent opportunistes ou radicaux, qu'ils soient groupés autour de M. Ferry ou de M. Floquet ; parce que tous auront trompé les espérances du pays, dilapidé nos finances, fait les mêmes promesses sans jamais les tenir. (*Oui, oui, très bien!*)

La victoire, soyez-en convaincus, restera à tous ceux qui réclament la Révision, qu'ils souhaitent l'avènement d'une Convention et l'application de leurs utopies sociales ou qu'ils expriment, comme vous, le désir de revenir à un régime durable, à un régime démocratique et fort.

Mais vous l'emporterez, n'en doutez pas, dans cette Assemblée, à la condition que les armées conservatrices marchent unies à la conquête de leurs espérances, car vous êtes le nombre, l'immense majorité de la France, et la tyrannie des grandes villes ne s'imposera plus au pays !

Quand cette Chambre aura été élue, elle demandera la Révision de la Constitution : pour vaincre la résistance du Président de la République et du Sénat, elle refusera s'il le faut le budget jusqu'à ce que le Congrès soit réuni à Versailles.

Le Congrès rétablira purement et simplement l'article 8 de la Constitution, décidera la convocation d'une Assemblée Constituante et dissoudra les deux Chambres.

L'Assemblée Constituante se réunira et statuera sur le gouvernement futur du pays.

Et enfin le vote populaire ratifiera ou rejettera la décision de l'Assemblée. (*Très bien ! Applaudissements.*)

Voilà à mes yeux comment le peuple, consulté, peut procéder légalement, sans révolution et par courtes étapes, à un changement de gouvernement.

Il exprime d'abord son désir d'essayer d'un régime nouveau, réparateur, en envoyant une Chambre révisionniste.

Il indique ensuite le choix qu'il souhaite en nommant les membres de l'Assemblée Constituante.

En dernier lieu, il approuve ou il désapprouve les décisions de ses mandataires.

Qui pourra dire, après ce verdict solennel et réfléchi, que le peuple français n'aura pas été directement consulté; qu'il n'aura pas mûri en toute indépendance sa résolution et qu'il n'aura pas librement décidé ?

Et n'est-ce pas une comédie qui ne trompe personne que de vouloir préférer la procédure des trois urnes qui, pour être honnêtement pratiquée, réclamerait un gouvernement anonyme, la seule chose qui ne puisse pas exister ? (*Très bien ! très bien !*)

Votre premier acte sera donc d'élire des candidats révisionnistes. Comme ils n'auront qu'à demander et à obtenir la Révision, leur rôle politique sera court. Il suffira pour vous qu'ils soient conservateurs et l'union révisionniste assurera leur succès.

Votre second acte sera de nommer des hommes qui représentent vos préférences politiques et vous songerez qu'en les nommant, vous indiquerez le choix du Gouvernement qui vous semblera le meilleur.

Les uns vous conseilleront à ce moment de revenir à la tradition Impériale ; ils vous exposeront en toute liberté les avantages qu'à leurs yeux ce régime peut procurer à la France ; ce sera leur droit et leur devoir ! — Notre but à tous est de restaurer le pays, c'est dire qu'à mes yeux toutes les convictions sincères pour atteindre ce résultat sont dignes de respect. La nation prononcera.

Jusque-là un impérieux devoir nous commande de serrer nos rangs et d'attaquer ensemble : mais des alliés qui s'estiment ne doivent rien se cacher, la politique n'exclue ni l'honnêteté, ni la franchise, et nous ne nous sommes pas interdits de penser et d'espérer tout haut ! (*Très bien ! très bien !*)

Pour moi, Messieurs, je vous dirai alors, comme je vous l'ai toujours dit, que la meilleure, que la seule solution est la Monarchie nationale représentée par un Prince honnête, loyal, au cœur noble et français, par Monseigneur le comte de Paris, qui personnifie aux yeux de la France les gloires accumulées pendant dix siècles et les libertés conquises depuis cent ans.

Il est de son temps, Messieurs, le chef de la Maison de France, il a embrassé avec autant d'ardeur que nous toutes les idées modernes : il comprend toutes les aspirations de la démocratie ; il a appris par les leçons de l'histoire que les rois sont grands quand leurs peuples sont heureux ; et le petit-fils d'Henri IV n'a pas oublié l'exemple du Béarnais. *(Très bien ! très bien ! Applaudissements.)*

Ils vous trompent ceux qui vous disent que la royauté ramènerait les privilèges, les abus de l'ancien régime, et qu'elle est incompatible avec les droits de notre société nouvelle.

Dans la Monarchie moderne, telle que nous la comprenons, la naissance et la fortune cèdent le pas au mérite personnel, aux services rendus à la patrie, et les idées généreuses enfantées par la Révolution de 1789 nous sont aussi chères qu'à ceux qui nous accusent de vouloir ressusciter le passé. *(Très bien ! très bien !)*

Cent années vont s'être écoulées depuis cette Révolution, qui n'avait pas besoin pour s'immortaliser de renverser un trône et de le rougir de sang français ; et les bienfaits que la France en a tirés ne seraient-ils pas plus grands si cette date n'avait pas ouvert un siècle de terribles secousses, de crises ruineuses, d'instabilité gouvernementale.

L'expérience de ce passé, si récent, n'est-il pas un enseignement pour l'avenir ? Et après cette longue période de tentatives infructueuses pour profiter des libertés conquises, la démocratie française ne comprendra-t-elle pas que c'est à l'abri d'un régime fort qu'elle recueillera les bénéfices de son travail, de ses efforts et de ses sacrifices. *(Très bien ! très bien !)*

N'est-il pas venu le moment de consacrer à nouveau par un pacte solennel le contrat déchiré depuis un siècle entre la Nation avide de labeur, d'apaisement et de sécurité, et cette auguste famille qui ne se réclame que de services rendus ?

Et ce centenaire de la Révolution de 1789 que la France s'apprête à fêter, croyez-vous que Mgr le Comte de Paris ne le célèbrerait pas avec autant de sincérité, autant de droit que ceux qui nous gouvernent ou nous gouverneront alors ? Le petit-fils du Prince qui combattait à Jemmapes et à Valmy dans les armées de la République, le frère de Robert le Fort qui suivait en 1870 ce patriotique exemple, n'a jamais donné à aucun Français le droit d'en douter. *(Applaudissements. Très bien ! très bien !)*

Et croyez-vous que si le roi de France, le roi de la France actuelle, aussi fière de ses gloires séculaires que de ses conquêtes modernes, était là pour convier à cette fête nationale les souverains d'Europe, ils n'accepteraient pas ?

Mais, Messieurs, les grandes idées de la Révolution de 1789 ont rayonné sur toute l'Europe. Tous les peuples en ont bénéficié, les constitutions des pays qui nous entourent sont là pour le prouver, et les rois qui règnent leur ont tous prêté le serment de la fidélité.

S'ils ont refusé de venir célébrer cet anniversaire, c'est que l'invitation leur était adressée par un gouvernement jacobin qui semble vouloir mêler à dessein aux purs souvenirs de 89 les lugubres épopées de 93. Et leur attitude n'est-elle pas justifiée par les allures de ce ministre pompeux et mal élevé qui commençait sa carrière en insultant un Empereur, hôte de la France, et qui, oubliant la dignité de son rôle, apportait hier à la tribune française des expressions qui ont dû faire sourire les hommes d'Etat d'Europe. *(Très bien ! très bien ! Bravo !)*

Ne cherchez pas ailleurs les causes de notre abaissement, de notre isolement en Europe et par là même du malaise dont nous souffrons.

Il faut avoir le courage de le dire, la forme républicaine est une barrière infranchissable entre la France et les nations monarchiques, un obstacle insurmontable au relèvement de la patrie ! *(Très bien ! très bien !)*

Ne croyez pas, Messieurs, que mon langage soit celui d'un homme de parti : pour moi il n'y a plus de parti quand l'honneur et la prospérité de la France sont en jeu : Je leur sacrifierais sans regrets mes convictions et mes dévouements personnels.

Je vous parle comme je le fais parce que je vois notre crédit ébranlé, la banqueroute à nos portes, la liberté étranglée au nom de la liberté, l'Europe entière coalisée contre nous, parce que j'ai peur de l'avenir. *(Très bien ! Applaudissements.)*

Et tous ceux qui crient : « **Dissolution, Révision, Consultation Nationale** », témoignent eux aussi des déceptions et des angoisses de leur patriotisme. *(Très bien ! très bien !)*

Ils seront chaque jour plus nombreux, parce que chaque jour tombent des illusions et grandissent des inquiétudes, — et si les républicains, maîtres du pouvoir, proclament la République au-dessus des lois, vous leur répondrez avec moi que l'amour de la patrie est au-dessus de la République. *(Très bien ! très bien ! Triple salve d'applaudissements.)*

Chaque phrase, — nous pourrions presque dire chaque mot — de ce discours a été soulignée par les applaudissements de l'auditoire, particulièrement dans les passages où l'orateur a montré la nécessité de l'union conservatrice et constaté le devoir, pour les royalistes comme pour les impérialistes, comme aussi pour les républicains désabusés, de faire abstraction de leurs opinions personnelles pour arriver au succès final.

M. Gaye, président du Comité conservateur de Bagnères, s'est ensuite levé. Nous regrettons que l'empressement des assistants à se porter autour de M. de Breteuil pour le féliciter et lui serrer la main, nous ait empêché d'entendre très bien les premières paroles prononcées par l'orateur et que nous ne pouvons reproduire qu'en substance :

« Messieurs, a-t-il dit, je crois être l'organe de tous ceux qui sont ici en disant à M. de Breteuil que — bien que son but ne fût pas aujourd'hui de vous rendre compte de son mandat, — ce mandat il l'a bien rempli, et nous l'en remercions du fond du cœur, nous avons le droit d'être fiers de notre députation.

« La conclusion du discours que vous venez d'entendre et d'applaudir si chaleureusement, est qu'il nous faut plus que jamais, unis dans une sincère alliance, combattre le gouvernement néfaste et tyrannique qui ruine notre pays, le déconsidère au dehors et le mène aux abîmes.

« Je serai l'interprète de tous les assistants en disant que la cause conservatrice peut compter sur notre dévouement absolu pour accomplir cette tâche. Oui, laissez-moi vous le dire, monsieur de Breteuil, vous avez bien mérité de vos commettants et nous comptons sur votre énergie, sur celle de vos collègues qui ont également fait leurs preuves pour nous assurer la victoire.

« Nous avons vaincu, en 1885, sous le drapeau de l'union conservatrice, et nous vaincrons encore au premier jour sous le drapeau révisionniste.

« Avant de nous séparer, messieurs, buvons au succès de la *Ligue de la consultation nationale*, à l'union révisionniste, qui est le moyen, au relèvement de la patrie qui est notre objectif à tous !

« Vive la France ! »

Ces paroles, prononcées d'une voix vibrante, ont produit le plus grand effet, et les applaudissements unanimes de l'auditoire ont prouvé à l'orateur qu'il avait touché à la corde vraie ; et les cœurs ont battu à l'unisson en même temps que s'entrechoquaient les verres où pétillait le champagne.

Les convives se sont ensuite séparés et, en se serrant la main, charmés de cette agape patriotique et fraternelle, s'écriaient tous pleins d'espoir :

— Bonne journée pour la cause conservatrice.

TARBES — IMPRIMERIE ÉMILE CROHARÉ, PLACE MAUBOURGUET ET RUE MASSEY